LES PENSERS

D'UNE

BERGÈRE

POÉSIES HISTORIQUES

Dédiées à Sa Majesté Napoléon III

PAR

Mme veuve FABRE, de la Tranchée..

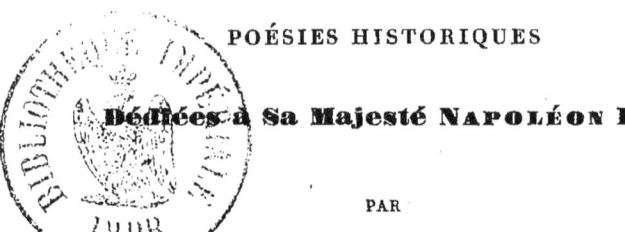

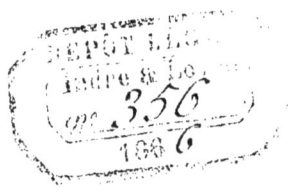

TOURS

IMPRIMERIE LADEVÈZE

—

1866

LES PENSERS

D'UNE

BERGÈRE

L'ESPÉRANCE

Muse qui daignes m'inspirer,
Tu seras ma céleste amie,
Si tu viens avec moi pleurer
Cet ami qui n'est plus en vie.

Quoi! tu veux bien prendre mon bras!
Tu veux soutenir ma faiblesse!
Tu veux encor guider les pas
De ma chancelante vieillesse!

Ce sentier nous conduit vers lui,
Nous l'arroserons de nos larmes.
Sans me piquer je n'ai cueilli
Jamais la moindre fleur sans charmes.

Tu veux donc être mon soutien,
Il n'est plus, lui, de ce rivage!
Il ne me tendra plus la main
Dans mon triste pèlerinage.

O mon Dieu! vous l'avez permis,
Vous me garderez du naufrage.
Je retrouverai mon ami
Dans un bien plus heureux parage.

Il accourt au-devant de moi ;
Nous allons chez le plus grand roi,
En Dieu l'âme à l'âme est unie
Dans la véritable patrie.

V^e F.

QUELQUES PLEURS.

Dans le vallon sacré, la muse du Permesse
Quelquefois fait errer ma tremblante vieillesse.
Ma famille en frémit, à soixante-deux ans,
Il lui source des bois un poète naissant.

Retenez vos soupirs, ne versez plus de larmes,
Pour moi la solitude a conservé ses charmes,
Le travail est le lot, le devoir d'un mortel,
Le repos est, dit-on, le partage du ciel.

Muse, tu viens me voir, ainsi Dieu l'a permis,
Quand tu me quitteras, je dirai : mes amis,
Avant que de descendre dans cette nuit profonde,
Que j'entende chanter la paix autour du monde.

Elle est près de sonner pour moi l'heure dernière,
Bientôt mes yeux se vont fermer à la lumière,
Et quand mon corps sera dans la poussière mis,
Daïgnez de quelques pleurs l'arroser, mes amis.

LA CRÉATION.

Dieu créa l'homme à son image,
La terre il devait embellir,
Et pour compléter son ouvrage,
A la femme il daigna l'unir,
S'il n'eussent pas eu de faiblesse,
Tous nos jours seraient au bonheur.
Hélas! pour une pécheresse,
Nous trouvons l'épine sans fleurs.

C'est la faute du premier père,
Qui nous mérita tous nos maux.
De noirs chaos couvrent la terre ;
Les destructeurs sont des héros.

Bientôt parut la noire envie,
Dans le fratricide Caïn ;
Et puis la sombre jalousie,
Que suscite l'esprit malin.
Après viennent la calomnie
Et le fanatisme assassin ;
Sortant de l'enfer, la furie
De l'homicide arme la main.

Mais Dieu voulut, dans sa justice,
Choisir les plus humbles des siens ;
Malheur à l'esprit de malice
Qui répand le sang des humains.

Inspirés, de faibles mortels
Des faux dieux brisent les autels.
Seulement armés de paroles,
Ils jettent aux vents les idoles ;
Animés de l'esprit divin,
Ils n'ont pas d'épée à la main.
Plus de pythie, de trépieds,
Apôtres, foulez-les aux pieds.

La pauvreté fut leur partage,
L'humilité leur héritage ;
Et Dieu, les voulant glorieux,
Les fit tous princes dans les cieux.

LE PRINTEMPS

OU SOUVENIRS DE MON VILLAGE.

Je me rappelle mon jeune âge,
Mon gros curé, mon beau village.
   Belles prairies,
   Mes rêveries,
La Brême et ses limpides eaux,
   Le vert feuillage,
   Le doux ramage
Que nous font les petits oiseaux.

Je m'en ressouviendrai toujours,
Des champs quand venait le retour,
   Un tendre zèle
   Vers la chapelle

Daignait guider mes jeunes ans,
De telle sorte,
J'ouvrais la porte,
Et la cloche faisait din dans.

PETITS OISEAUX.

Petits oiseaux, beaux habitants des airs,
Redites-moi vos sublimes concerts,
J'aime à vous voir, chaleureux à la peine,
Faire vos nids sans jamais prendre haleine.

J'aime à vous voir si joyeux, si charmants,
Nous annoncer les beaux jours du printemps;
Vous soignez bien cette gent emplumée;
Et les ingrats vont prendre leur volée!

Loin de leurs nids je les vois s'élancer,
De branche en branche aux arbres voltiger;
Car de voler seuls le désir les presse,
Malgré vos cris, malgré votre tendresse.

Mais, attendez, bientôt viendra le jour,
Où de leur mère ils connaîtront l'amour.
Malgré l'ébat de la folle nichée,
La famille est rarement oubliée.

LES ABEILLES.

Autrefois les abeilles,
Sous leur gouvernement,
Firent bien des merveilles
Par leurs travaux ardents;
Dans les ruches glissèrent
Des avides bourdons;
Bourdons ne travaillèrent,
Parlèrent de hauts tons.

Or, voici leur langage :
Nous promettons le ciel,
Donnez-nous en partage
Et la cire et le miel.
Les abeilles qui crurent
Sentent bientôt la faim.
Les plus sottes moururent ;
Un roi vint à la fin.

Tous les esprits s'éclairent,
Ils sont désabusés.
Les abeilles prospèrent,
Les taons sont écrasés.
Chacune rebutine
Pour son petit chez soi,
Et ne craint plus famine,
Sous l'ordre d'un bon roi.

LES AVOCATS.

Vous, Messieurs de la robe noire,
Où diable donc vous mettra-t-on ?
Ce n'est pas dans le purgatoire ;
Je crois qu'on n'y voit pas Pluton.

REFRAIN.

Vous nous faites tant d'embarras,
Aux enfers l'ange vous mettra.
Ah ! ah ! ah ! ah ! c'est bien cela,
Aux enfers l'ange vous mettra.

Vous porterez votre grimoire
A tous vos plus hideux suppôts,
Car dans un lieu de doux repos
Qu'y mettrait votre bande noire ?

REFRAIN.

Vous nous faites tant d'embarras, etc.

L'enfer de boisson est avare
Pour tous ces maudits avocats ;
A moins cependant qu'un Lazare
N'aille leur en porter là-bas.

REFRAIN.

Vous nous faites tant d'embarras, etc.

TROP - BEAU

MON CHIEN FIDELE.

Tu m'as toujours été fidèle
 Pauvre Trop-beau,
Des vieux amis le vrai modèle,
 Pauvre Trop-beau;
Tu fais sentinelle à ma porte,
 Pauvre Trop beau;
Tu chasses la vile cohorte,
  Pauvre Trop–beau
  Pauvre Trop-beau.

Pour moi tu donnerais ta vie,
  Pauvre Trop-beau,
Toi mon unique compagnie,
  Pauvre Trop-beau!
Comme moi tu sens tes misères,
  Pauvre Trop–beau,
Les méchants te jettent des pierres,
  Pauvre Trop-beau,
  Pauvre Trop-beau.

Mais quand je serai dans la terre,
  Pauvre Trop-beau,
Oh! tu viendras au cimetière,
  Pauvre Trop-beau,
Mais sans hurler sur mon tombeau,
  Pauvre Trop-beau,
  Pauvre Trop-beau.

AUTRE ÉPITRE A TROP-BEAU.

Elle n'est plus ta protectrice,
Pauvre Trop-beau,
Elle appréciait ton service,
Pauvre Trop-beau.
Reconnaissant de ses tartines,
Pauvre Trop-beau,
Tu lui faisais si bonnes mines,
Pauvre Trop-beau.
Pauvre Trop-beau.
Nous ne fîmes que la connaître,
Pauvre Trop-beau,
Et nous la vîmes disparaître,
Pauvre Trop-beau,
Nous reviendra-t-elle au village,
Pauvre Trop-beau ?
Peut-être quand il fera beau,
Pauvre Trop-beau,
Pauvre Trop-beau.

AUX MENTEURS.

Air : Du Meunier du village.

Mentez, mentez, mentez, au moins toujours mentez,
Moi je ne vous dirai rien que des vérités,
Je crois la vérité toujours très-bonne à dire,
Pour principe j'ai pris de ne jamais mentir.

Il vaudrait mieux vous taire,
Je suis trop en colère,
Vous m'entendez chanter
C'est pour ne pas pleurer ;
Oh ! vous perdez la tête,
Or, plus je la perdrai, bien moins je serai bête.

Fidèle au Souverain, cet homme de génie
Réunissait les cœurs chérissant la patrie,
Esprits de tolérance, ô Reine des vertus,
Vous répandez des pleurs, de Morny n'est donc plus !

Il se faisait aimer, vous écoutiez sa voix,
Heureux le souverain qui sait faire un tel choix.
Fidèle au souverain, cet homme de genie
Rapprochait tous les cœurs chérissant la patrie.

Son fauteuil est vacant, qui donc l'occupera ?
Quel est l'homme d'esprit qui vous présidera ?
Fidèle au souverain, il fut un vrai génie,
Pour unir tous les cœurs chérissant la patrie.

DIOGÈNE ET SA LANTERNE.

Nouveau Diogène moderne
Ici-bas arrive un matin,
Il cherchait avec sa lanterne
Ce que l'on n'a pas sous la main.
Il recherchait un homme bon,
Il rencontra plus d'un larron,
Vit plus d'une oie à crinolines
Montant dans de grandes machines.

Arriver aux faubourgs des cieux.
Ah ! je vois, dit-il, en ces lieux,
Des fous de plus d'une manière.
Il fut surpris d'une chaudière ;
Elle bouillait sur un foyer ;
Pluton y brûlait du papier,
Ces beaux billets qui font monnoie,
Il en faisait un feu de joie.
Un fou vivait sur l'espérance,
D'une ambitieuse opulence ;
Un autre allait, à pleine main,
Jeter l'or, l'argent du prochain,
Tel autre faisait la grimace,
Disant : Je tombe dans la crasse,
La Bourse m'a tout emporté,
Et me voilà discrédité.
Eh ! quand la matière est fondue,
Qu'en sort-il ? des papiers nouveaux,
Billets de banque des plus beaux,
Marchandise bien cher vendue.
Ah ! quel commerce faites-vous ?
Cria Diogène en courroux.
Pluton viendra les brûler tous ;
Un âne est moins bête que vous.

CALOMNIE, MÉDISANCE.

Craignez la noire calomnie,
L'air insinuant, l'œil câlin,
Craignez-la, sa dent de harpie,
Déchirant toujours son prochain.

Ce monstre ailé paraît mâle et femelle,
Toujours parlant et toujours écouté ;
De la discorde en déployant les ailes
Porte l'erreur avec rapidité.
Du plus stupide échauffant les propos,
Rebut du sage, elle est l'esprit des sots.
En ricanant, cette maigre furie,
De sa langue s'en va répandre le venin.

Attendez-vous donc dans la vie,
A rencontrer la calomnié
Souvent vous barrant le chemin.

LA RECONNAISSANCE.

Doux nœuds de la rconnaissance,
C'est par vous, que dans la souffrance,
Mon cœur fut à jamais lié,
Ah ! pour moi toute la nature
N'est rien qu'un languissant murmure
Près de la voix de l'amitié
Qu'on est ingraí quand on oublie
Cette main généreuse, amie,
Qu'on vous tend dans l'adversité.

Ah ! quel écueil pour ma satire,
Que cette dame, Ah ! sapristi !
Plus je veux trouver à redire,
Plus je vois que j'en ai menti.

Est-il un plus cruel martyre
Pour un auteur un peu malin ?
Plus je veux trouver à redire,
Plus je vois que je cherche en vain.

C'est bien malgré moi que j'admire
Ce port noble, cet air serein,
Et ce majestueux sourire
Dont le pouvoir est souverain.
Ah! quel écueil pour ma satire,
Que cette dame, Ah! sapristi ;
Plus je veux trouver à redire,
Plus je vois que j'en ai menti.

Eh! au revoir, je me retire,
Ma muse ailleurs ira son train ;
Elle ne vit que de médire,
Elle mourrait ici de faim.
Ah! quel écueil pour ma satire,
Que cette dame, Ah! sapristi ;
Plus je veux trouver à redire,
Plus je vois que j'en ai menti.

LA PAIX DU MONDE.

Air : De la Marseillaise.

Je veux m'élever dans les nues ;
Traversant les plaines de l'air,
Pour voir des rives inconnues,
Je veux parcourir l'univers, *bis.*

Dussé-je braver le tonnerre,
Je veux dire à toute la terre,
Peuples sortez tous du néant,
Debout tous les enfants d'Adam.

REFRAIN.

Au nom qui fit trembler le monde,
Les peuples et les rois à la ronde,
S'ils vous disent : détruisez-vous,
  Enchaînez tous.
  Enchaînez tous,
  Enchaînez tous
   Ces fous.

L'orage gronde sur leurs têtes,
La foudre aura tôt éclaté,
C'est pour attiser les tempêtes
Que les rois quittent leur cité. (*bis*).
Son nom seul remplit mon oreille,
Et dans mes songes me réveille ;
Ce n'est plus au bruit des canons
Qu'il ranime les nations.

REFRAIN.

Au nom qui fit trembler le monde, etc.

Il n'est plus armé de la foudre,
Et l'héritier de son grand nom,
Il ne vous réduit plus en poudre,
C'est notre empereur juste et bon. (*bis*).

C'est la France qui vous convie ;
Courage, peuples travailleurs,
Au grand combat de l'industrie
Vous serez couronnés de fleurs.

REFRAIN.

Au nom qui fit trembler le monde, etc.

Mais qui donc inventa la foudre ?
Que son génie était affreux !
Réduire les humains en poudre ;
Oh ! quel faux ministre des cieux. (*bis*).
Dieu veut que nous soyons tous frères,
Nous secourant dans nos misères.
L'auteur de la destruction
Est un envoyé du démon.

REFRAIN.

Au nom qui fit trembler le monde, etc.

Qu'elle reste en paix l'Italie,
Ses peuples seront débrouillés.
Qu'elle soit toujours notre amie,
Ils sont assez humiliés, *bis*).
Surtout respectons le Saint Père.
Il remplace Dieu sur la terre,
En priant pour les nations.
Cherchons ses bénédictions.

REFRAIN.

Au nom qui fit trembler le monde, etc.

Il n'oublia jamais ses frères,
Saint Pierre était un bienheureux,
Et pour nous il est en prières,
Car son patrimoine est aux cieux, (*bis*).
Oui, tous les saints sont spirituels;
Dédaignant les biens temporels,
Si vous n'êtes pas des mutins,
Vous entrerez dans leurs jardins.

REFRAIN.

Au nom qui fit trembler le monde, etc.

Qu'ils étaient fous en Amérique !
Ils ont brûlé tous leurs cotons,
Ensanglanté leur république,
Et se sont détruits par millions, (*bis*).
Toutes ont chômé les fabriques,
Leurs ouvriers sont tous étiques ;
Comment travailler sans cotons ?
Qui fournira des caleçons ?

REFRAIN.

Au nom qui fit trembler le monde, etc.

Nous arrivons dans le Mexique ;
Nous y voyons Maximilien,
Est en fuite la république.
Pourtant à son front est sa main.
Elle est pesante sa couronne ;
Quoique le peuple la lui donne
On le voit suer sang et eau ;
Car dans ce pays il fait chaud.

REFRAIN.

Au nom qui fit trembler le monde, etc.

Au nord est la grande Russie,
Unie à deux fiers potentats ;
La Pologne est anéantie,
Après de terribles combats, (*bis*).
France, pleurons sur ses misères,
Car tous ces braves sont nos frères ;
Tremblez despotes et tyrans !...
Vous rendrez compte de leur sang.

REFRAIN.

Au nom qui fit trembler le monde, etc.

Se dévouant à la patrie,
Fassent tous nos braves guerriers,
Qu'après avoir donné leur vie
Nous dormions sur nos lauriers, (*bis*).
Oter la vie à son semblable
Est l'action la plus coupable.
Bientôt la guerre va cesser,
Allez chez Pluton l'annoncer.

REFRAIN.

An nom qui fit trembler le monde, etc.

Semez le blé, semez l'avoine,
Allez, peuples de l'univers,
La terre paîra votre peine,
Ensemencez tous vos déserts, (*bis*).

Bientôt vous allez être libres,
Et pour que nous ayons des vivres
Engraissez les bœufs, les moutons,
Ensemble nous en mangerons.

REFRAIN.

Au nom qui fit trembler le monde, etc.

Ah ! Croyez-moi, plantez des vignes,
Des vieillards c'est là le bon lait ;
Tous vous boirez, cousins, cousines,
Car le bon vin à chacun plaît (*bis*).
N'écoutez pas celui qui fronde,
Il bouleverserait le monde.
Aveugles, ne voyez-vous pas
Que vous suit le Dieu des combats ?

REFRAIN.

Au nom qui fit trembler le monde, etc.

Qui nous fait le tour de ce monde ?
C'est le génie, à mon avis ;
Il voit les peuples à la ronde,
L'acclamer tous, grands et petits (*bis*).
Il fait fuir au loin le tonnerre
Il nous fait féconder la terre,
Il visite tout l'univers,
Il instruit les peuples divers.

REFRAIN.

Au nom qui fit trembler le monde,
Les peuples, les rois à la ronde,

S'ils vous disent : détruisez-vous,
    Enchaînez tous,
    Enchaînez tous,
    Enchaînez tous
        Ces fous.

Prières adressées à Monseigneur de Tours, par les habitants de la Tranchée, pour avoir St-Martin.

O Monseigneur! quelle douleur
A pénétré votre grand cœur !
Tous ces hommes vous sont contraires,
Repoussent vos saintes prières.
A votre projet grand et beau
Il est rebelle ce troupeau.
S'opposant à vos saintes vues,
Il ne veut pas céder ses rues.

Sans doute Dieu, dans sa puissance,
Prend pitié de notre indigence.
En visitant notre hameau,
Vous verrez sans temple et sans eau
Un peuple de l'oubli victime,
Daignez le tirer de l'abîme.
Vous le laissez dans le désert,
Pour lui craignez les feux d'enfer.

De tout ce hameau la prière,
Implore votre ministère ;
Transportez ici Saint-Martin.
On y verra le pèlerin,

De tous les coins de ce bas monde,
Avec confiance profonde,
Se vouer à notre grand saint ;
Monseigneur, soyez en certain.

Convertissez nos Madeleines,
Des yeux qu'il sorte des fontaines.
Vous avez des temples, de l'eau,
Et l'or couvre votre manteau.
Que votre trésor soit utile !
Le Seigneur dit dans l'Evangile
Qu'il faut secourir son prochain,
Que du ciel c'est là le chemin.

Oh ! que votre saint ministère
Daigne tirer de la misère
Un peuple si déshérité
Du Très-Haut, de l'humanité.
Sans source arrive la faiblesse,
Et de là vient la pécheresse.
Mais s'éclairant de vos vertus,
Monseigneur, ne péchera plus.

Du grand saint Martin la grande âme
Qu'un saint désir du bien enflamme,
Aurait avec cœur tout donné
Au pauvre peuple abandonné.
Pour lui procurer une église,
Part de son manteau serait mise
Aux pieds du Seigneur Jésus-Christ,
Qui lui-même aimait le petit.

Daignez prendre part à nos peines,
Demandez pour nous des fontaines.
De tout petit devenu grand,
Vous, Monseigneur, êtes puissant.
Soyez pour nous un bon oracle ;
Priez qu'il soit fait un miracle,
Et que dans un aussi beau lieu
On nous élève un temple à Dieu.

Et daignez aussi, Monseigneur,
Daignez aussi bénir l'auteur.

Vᵉ F., de la Tranchée.

La vérité, la Tolérance aux prises avec le fanatisme où un abrégé de l'Histoire.

Prince des princes, vos soupirs
Rappellent d'affreux souvenirs.
Ah ! que de d'abîmes ! que de crimes !
Et que de sanglantes victimes !

On nous fera, dit-on, retourner en arrière,
Muse, retournons-y, interrogeons nos Pères ;
Courons de siècle en siècle après la vérité :
Dieu toujours la découvre à la postérité.
Les crimes oubliés paraissent à nos vues,
Les fautes, les vertus nous vont être connues ;
Dieu plaça près de nous des hommes saints et bons ;
L'ange au livre de vie a proclamé leurs noms.
Ils foulent sous les pieds l'envie et l'artifice,
Jamais n'ont mendié le moindre bénéfice,
N'ont ambitionné aucun des hauts emplois,
Ni commandé la cour, ni régné sur des rois.

On ne les a point vus, veut-on que je les nomme,
Vendre leur complaisance aux puissances de Rome.
C'est pourquoi nous voyons leurs têtes sans chapeaux;
Leur bonté, leurs vertus sont des titres plus beaux.
Dans les temps malheureux bravant les despotiques,
Ils aimaient protestants, ils aimaient catholiques;
Toujours on les voyait parcourir le hameau,
Secourir le vieillard et l'enfant au berceau.
Tons les apôtres vrais aimaient la tolérance,
Jamais ils n'ont semé les discordes en France ;
L'auréole de paix ceint leurs fronts radieux,
Leurs regards doux et purs sont levés vers les cieux.
Combien de grands pêcheurs, sans goûter leurs paroles
Avec ardeur suivaient ces sublimes écoles,
Où se faisaient entendre en éloquent sermon,
Bourdaloue et Bossuet, et le doux Fénelon?
Mais pour eux les plaisirs c'était toute leur gloire.
Vite d'un beau sermon ils perdaient la mémoire...
Ils n'avaient rien appris, n'avaient rien oublié;
Il n'entre pas d'esprit dans un chef trop poudré.
Mais que vois-je, ô grand Dieu? ces troupes effroyables
Parcourant notre ville en cette sombre nuit!...
Un glas funèbre... Hélas!... J'entends sonner minuit.
Qui les fait se couvrir de forfaits si coupables?
Ne sont-ce pas des fous chantant des chants pieux?
Malheureux, arrêtez, vous effrayez les cieux.
Quel génie infernal vous excite à la haine?
Je vois des flots de sang venir grossir la Seine.
Grand Dieu! quelle fureur arme cet assassin?
Pourquoi du protestant poignarde-t-il le sein?
O vérité sainte, oui, malgré tes belles formes
Ta divine beauté ne peut plaire à ces hommes.

De tous temps on fit croire aux pauvres ignorants
Que du sang le Seigneur aimait voir les torrents.
Hélas! ils ne voulaient que te voir en leurs songes,
Et cachaient tes attraits par d'indignes mensonges.
Oui, tout couverts de sang, de flammes entourés,
Égorgeant les mortels avec des fers sacrés,
Comme s'ils fussent nés dans ces temps déplorables
Où la terre adorait des dieux impitoyables,
Que de prêtres menteurs, encore plus inhumains,
Nous disaient l'apaiser par le sang des humains!
En traversant les airs, l'infernale discorde
Entend des cris, les porte aux lieux que le Styx borde,
De ce royaume sombre elle amène à l'instant
De tous les plus cruels, le plus cruel tyran.
Armé pour la défendre, il cherche à la détruire,
Et reçu dans son sein l'embrase et le déchire.
Ce fils dénaturé de la Religion,
Fanatisme, aux enfers est son odieux nom.
Au signal tout à coup donné pour le carnage,
Dans Paris et partout théâtre de sa rage
Cent mille faux zélés, le fer en main courants,
Allèrent attaquer leurs amis, leurs parents,
Et sans distinction, dans tout sein hérétique
Pleins de joie enfoncer un poignard catholique.
Ils avaient revêtu, dans leurs déguisements,
Des ministres des cieux les sacrés ornements.
Oubliant aux chrétiens la douceur commandée,
L'horrible fanatisme exerça ses fureurs;
La France fut un camp de massacres, d'horreurs.
De ses dogmes trompeurs il poursuivait l'idée.
Et fit aux parisiens un bien horrible sort:
Ils mangèrent du pain pétri des os de mort.

Fanatisme odieux, ta fureur fut déçue,
Car pour toi ton audace eut une triste issue.
Un envoyé du ciel, Henri quatre, un bon roi,
Qui d'être tolérant fit sa suprême loi,
Fit qu'aussitôt l'on vit s'envoler la misère :
De tout son peuple Henri voulut être le père.
De son fils Louis treize, il ne faut dire rien...
Son ministre puissant fit le mal et le bien.
On surnomme le Grand Louis le quatorzième,
Mais il était plus faux que l'hérétique même;
Une absolution apaise ses remords,
Et le protestant fuit emportant ses trésors.
C'était pour éviter l'éternelle misère,
Par là d'un vrai chrétien effacer l'adultère.
Saint Pierre, pensait-il, à ce seul passeport,
Les clefs en main, du ciel lui donnerait l'abord.
Pour paraître dévot, notre grand politique
Ne trouva rien de mieux qu'exiler l'hérétique ;
Il crut devenir sage en se voyant absous ;
Ce ne fut qu'un tyran... Les tyrans sont des fous.
Bien fermement sans doute il crut en sa sagesse
Et mourut doucement d'une extrême vieillesse :
Tandis que notre Henri, ce bon roi tolérant
Mourut assassiné par un nouveau Clément.
Louis le Bien-aimé, de honteuse mémoire,
A de basses Phrynés sacrifiait sa gloire.
Il perdit le prestige aimé d'un souverain,
Et le peuple en fureur ne connut plus de frein.
Sa vile favorite a gouverné l'empire ;
Aussi vit-on la France à sa mort le maudire
Et par une bouffonne, aigre dérision!
Son règne est surnommé règne du cotillon.

Des passions d'autrui malheureuse victime,
Vertueux Louis seize, à toi notre pitié,
Les crimes paternels sur ta tête ont pesé,
Et sanglant t'ont jeté dans un affreux abîme.
Pardonne, oh! oui, pardonne à l'auteur imprudent
Qui vient de soulever ce grand voile sanglant.
A cette époque, hélas! retenu dans l'enfance,
Ton peuple dans le sang jetait les fleurs de France.
Ces jours d'ébranlements, de meurtres, de terreur,
Qui peut s'en souvenir sans frissonner d'horreur?
La haine, la vengeance!... O France, ô ma patrie!...
Voile sombre, tombez sur cette boucherie.

. . . .
. . . .

Que de sang répandu! victimes et bourreaux
Tour à tour ont porté leur tête aux échafauds...
France, tu te mourais!... Rappelle à ta mémoire
Qu'il te vint un héros qui te couvrit de gloire :
Il releva le trône, il rétablit l'autel,
Et tu te souviendras de son règne immortel.
Sa valeur l'avait mis sur les marches du trône;
Son front fut bientôt ceint d'une double couronne.
Bientôt il eut raison de tous les potentats;
Celui qui l'attaquait tremblait dans ses États.
Il fallut des revers, l'Europe réunie,
Pour ravir ce héros à sa noble patrie.
Il se réfugia chez une nation...
Elle lui répondit par une trahison.
Tous s'étant réunis pour conjurer sa perte,
L'ont fait mourir martyr dans une île déserte.
Ces despotes altiers, partageant l'univers,
Se disputaient l'honneur de nous donner des fers.

Mais ses nobles guerriers conservaient l'espérance
Qu'un Napoléon trois règnerait sur la France.
Malgré tout son grand cœur, même après son trépas,
France, a plané sur toi, tu lui tendais les bras!
Tes bras ont enlacé le neveu du grand homme,
Dont le génie heureux a sauvé même Rome.
Des cieux tu m'es venue, auguste vérité!
Répands sur mes écrits ta force et ta clarté.
Ton flamboyant flambeau met en fuite les ombres;
Je les vois s'éclipser dans leurs royaumes sombres.
Oui, nous ne verrons plus ces esprits furibonds
Nous brûler par l'enfer avec tous ses démons.
Le fer et les bûchers n'attristent plus la France ;
Et du grand empereur libre est la conscience.
Plus de guerre civile! arme, reste au fourreau!
En ville on est paisible, on moissonne au hameau.
Le prêtre vertueux reste calme et tranquille,
Enseigne la douceur du très-saint Évangile.
Napoléon préside au conseil, au combat,
Et sait faire respecter et son trône et l'Etat,
Chaque peuple éclairé voudra juger lui-même
Ce qu'il faut réprouver ou ce qu'il faut qu'on aime.
J'ai puisé ma morale en le saint Évangile,
Et n'ai jamais cherché ce qu'on dit de Virgile.
Mon maître seul, à moi, est le bon Fénelon,
Qui m'apprend à crier : Vive Napoléon.
Dieu nous a tous créés, il est le commun père,
Et dans tout l'univers chacun de nous est frère.
Charité, tolérance, ô sublimes vertus.
Daignez ici régner et chasser les abus.
Grand Dieu, dont les desseins sont inconnus sur terre,
Vous le vouliez ainsi; du sein de chaque père

S'échappe un cri : Pouvoir trop faible du Bourbon,
Tu t'effaces enfin devant Napoléon.
Auguste vérité, que ta vive lumière,
Qui, descendant des cieux, tous mes écrits éclaire,
Nous incite à crier, à crier tous en chœur :
Vive, vive la France ! et vive l'Empereur !

DE LA VÉRITÉ ET DE LA TOLÉRANCE

Air : de la reine Hortense.

Dieu protégez la France,
Protégez l'Empereur,
Que la reconnaissance
Se trouve en chaque cœur.
Qu'il délivre la terre,
D'un bien cruel fléau ;
Qu'il éloigne la guerre,
Son règne sera beau.
Vive l'Impératrice,

C'est l'ange de bonté ;
Dieu, soyez-lui propice,
C'est notre déité.
Une aussi grande reine
Veut être notre sœur,
Auguste souveraine
Ange consolateur !

Toi, notre jeune frère,
Frère du malheureux,
Sois béni sur la terre,
Et sois béni des cieux ;

Car à la bienfaisance
Tu puises tes vertus.
Tu seras pour la France
Un grand homme de plus.

Recherche de Voltaire aux enfers pour lui faire prier Dieu.

Ses ailes j'ai surpris à l'ange du mystère
Et descends aux enfers pour y chercher Voltaire;
Depuis longtemps on dit qu'il brûle dans ce lieu,
Si ce grand génie, ah! revenait sur la terre,
Vous verriez, détracteurs, qu'il savait prier Dieu.
L'ange à ma muse a dit de toujours être bonne,
Et de toujours prier, de ne brûler personne;
Quel qu'il soit, si vraiment Dieu l'inspire, un chrétien,
Doit, sans le condamner, prier pour son prochain.
Eh! que vois-je, grand Dieu! voici venir Voltaire,

Il se met en prière,
Pour que l'enfer en son réduit
Ne retienne plus son esprit.

La voici sa parole : « Ecoutez bien, mes frères,
« Vous lèverez les yeux vers le Dieu de vos pères,
« Vous verrez qu'un cœur droit peut espérer en lui.
« Allez! qui lui ressemble est sûr de son appui,
« Ce dieu dans sa sagesse ineffable et profonde
« Forme, élève et détruit les empires du monde.
« C'est peu d'être un héros, un conquérant, un roi!
« Si le Ciel ne t'éclaire, il n'a rien fait pour toi.
« Tous ces honneurs mondains ne sont qu'un bien stérile,
« Des plus entreprenants récompense fragile,

« Un dangereux éclat qui passe et qui s'enfuit
« Que le trouble accompagne et que la mort détruit. »
Le peuple en sa fureur, retenu dans l'enfance,
Trois fois mit dans le sang la couronne de France
Qui surent relever les deux Napoléons,
Qui sont venus dicter des lois aux nations.
Muse, c'est aujourd'hui que mon esprit timide,
Dans sa course élevée a besoin qu'on le guide,
Pour savoir par quels soins, par quels nobles travaux,
Il saurait imiter de superbes rivaux.
Le malheur agrandit sa vaste intelligence ;
Il médita longtemps les besoins de la France,
Chaque Français par lui devint un citoyen,
Et celui qui possède et celui qui n'a rien.
Riche ou pauvre chacun jouit du droit d'élire.
Aux siècles qui suivront sa gloire ira redire
Qu'il voulut que son peuple eût de l'instruction,
Que la France toujours conservât son renom.
C'est toi, c'est toi qui fais ces merveilleux ouvrages :
Bonaparte, ton nom vivra dans tous les âges.
Seul il révèlera par quel art tout-puissant
Tu rendis le Français toujours reconnaissant.
En action tu mis la morale sublime
Du divin Fénelon, et tiras de l'abîme
Ceux que le fanatisme essayait d'y jeter...
Et jamais un Bourbon n'en a su profiter.

Le Maître et la Bergère.

Pauvre bergère,
Que sais-tu faire ?
Veux-tu me dire ton savoir ?
Pauvre bergère,

Que sais -tu faire ?
Le peux-tu faire concevoir.
Je garderai tous vos moutons,
 Et l'oie et ses oisons
Et fouetterai les garçons
  Dindons.
 Pauvre bergère,
 Tu sais peu faire,
Si tu n'as que ça de savoir,
 Pauvre bergère !
 Tu sais peu faire,
Si tu n'as que ça de pouvoir.
Je garderai tous vos moutons,
 Et l'oie et ses oisons
Et fouetterai le roi des cotillons,
 Pauvre bergère,
 Tu veux bien faire,
Malgré ton trop peu de savoir,
 Pauvre bergère,
 Tu veux bien faire,
Malgré ton trop peu de pouvoir.

SATIRE FURIBOLLE

SUR LE COURRIER DU DIMANCHE DU 29 JUILLET.

De quelle ténébreuse école
Nous arrive ce Furibolle ;
De quel nom le puis-je nommer
Ce démon vomi par l'enfer ?

Arrive-t-il de l'autre monde?
Vivait-il du temps de la Fronde?
Un siècle a duré son sommeil,
Et tout aussitôt son réveil,
Il nous vient dans de mauvais songes
Tourmenter par tous ses mensonges.
La France se fait respecter
Et n'est pas facile à dompter;
La France, grande et vénérée,
Ne dote plus la déhontée :
Elle est vertueuse à la cour,
D'où l'on chassa la Pompadour.
Dieu l'éclaire de sa lumière,
Bénit la sœur hospitalière.
Sur Elle luit un heureux jour,
Le Ciel a béni son amour.
Au grand homme toujours fidèle,
Elle sut bien dédaigner, Elle,
Les avances d'un faible amant.
Son cœur appartient au géant.
A ces nouvelles fiançailles,
Qui se sont faites sans bataille,
Elle invita tous ses enfants :
Les petits sont devenus grands.
Furibolle n'est plus tragique,
Son esprit anti-despotique
Est nul ainsi que ses efforts.
Qu'il aille retrouver ses morts.
Et sur ses croulantes murailles
Je veux chanter ses funérailles
Oui, retourne dans ton cercueil,
Notre France a quitté son deuil.

Elle se rit de tes colères
Et ne brûle plus les sorcières

LES ANNEXIONS.

Annexons, annexons,
Il faut des annexions;
Annexez, annexez,
Couplets sur couplets.

Ah ! puisqu'on veut annexer
Il faut les faire chanter
Annexons, annexons, etc.

Si nous les faisons chanter,
Sûr, nous les ferons danser
Annexons, annexons, etc.

On dit que le roi de Prusse
En veut autant que le Russe.
Annexons, annexons, etc.

Il nous faut un grand trésor,
Il nous faut un grand trésor.
Annexons, annexons, etc.

TABLE.

—◦◉◦—

Tours, Imprimerie Ladevèze.

www.ingramcontent.com/pod-product-compliance
Lightning Source LLC
Chambersburg PA
CBHW060853180626
46818CB00004B/1679